andersland

Barbara Rübesam

andersland

Bibliografische Information der Deutschen Nationalbibliothek:
Die Deutsche Nationalbibliothek verzeichnet diese Publikation
in der Deutschen Nationalbibliografie; detaillierte bibliografische
Daten sind im Internet über http://dnb.dnb.de abrufbar.

© 2017 Barbara Rübesam
Kunstassistenz: Lucy Eckardt
Muse /persönliche Assistenz: Stefan Lütje
Referentin: Lavinia Krebs
Satz, Umschlaggestaltung, Herstellung und Verlag:
BoD – Books on Demand

ISBN: 978-3-7431-5511-4

Ja, ich war dumm.

dieses buch ist kein ratgeber und jedes „du" kann von ihnen, lieber leser, in ein „ wir menschen" umgewandelt werden. zum zeitpunkt als ich das buch schrieb, schien es mir leichter „du" zu sagen, was von meiner person ablenkte. inzwischen habe ich weniger schwierigkeiten mich selbst zu „wir menschen" dazuzuzählen. heute kann ich sagen, ich bin nicht dumm, ich bin anders.

Inhalt

prolog	9
freiheit	9
entscheidung	10
system – muster – üblich	10
bewusstsein	12
angst	14
freistil	16
fehler	17
entscheidungen	18
endlich erwachsen	19
deine erinnerungen	22
mitte	24
reisegepäck stehen lassen	25
lob, anerkennung und zufriedenheit	25
nähe und distanz	28
grenzen	30
neuland	31
auf dem weg	35
helle räume / licht im haus	35
gewohnheit	36
heimat und zuhause	37
wieder in eile	39
protest	40
fahrt mit angezogener handbremse oder schwimmen gegen den strom	41
unbekannte methoden	43
miracle	47
differenzial	49
bedingungslos	51
für immer?	53

warntäfelchen	54
trennung / klarheit	56
distanz und balance	57
mein leben	58
veränderung	59
atmen, bleiben, güte zeigen	61
zurück! wieder da!	63
häuser verlassen, entscheidung treffen und neue beziehen	65
nachgeholte pubertät / nachgeholtes erwachsenwerden	66
opferland verlassen	67
verzweiflung	68
wagnis	69
pause	70
annehmen und loslassen	71
liebe	75
wahrnehmung	77
licht	79
wut / trauer	81
maskenball beenden	85
trauer und raum	86
mut zur blamage	88
ohne wand	89
verabschiedung, ziel, neuorientierung	91
verantwortung	93
wahrnehmung / freie sicht	94
treue	95

prolog

freiheit

»freiheit« bedeutet nicht abwesenheit von gefängnismauern, »freiheit« bedeutet anwesenheit von bewusstsein.
eines tages erkennst du, dass du immer noch im »gefängnis« lebst. dieses »gefängnis« besteht aus angelernten verhaltensweisen, konditionierungen und glaubenssätzen. obwohl du die »gefängnismauern« schon länger hinter dir gelassen hast, wird dir bewusst, dass diese alten muster für dich immer noch bestehen und deine realität darstellen, dein eigenes »gefängnis«. du stehst an einer neuen, dir unbekannten wegkreuzung und du allein entscheidest, in welche richtung dein weiterer weg gehen soll. deine entscheidung beinhaltet, dass du die verantwortung für dich selbst übernimmst.

entscheidung

system – muster – üblich

in familiären systemen ist es üblich zu »schlafen«. es ist nicht üblich »aufzuwachen«, schlafen ist üblich. das schlafen gehört zum system. in den benannten systemen verlaufen die lebenswege der menschen üblicherweise nach ähnlichen mustern. zum bespiel, wenn es selbstverständlich scheint, dass der sohn das geschäft des vaters übernimmt, welches der opa auch schon besaß, da es bereits seit generationen in familienbesitz ist. oder wenn die kinder nur deshalb ein studium beginnen, weil es in der familie üblich ist, einen akademischen abschluss zu besitzen. natürlich ist weder gegen familienbetriebe noch gegen akademikerlaufbahnen etwas einzuwenden. ich stelle lediglich fest, dass die lebenswege von menschen nach bestimmten mustern verlaufen, die durch ihre jeweiligen familiären systeme mehr oder weniger stark geprägt sind. es schließt sich die frage an, wie es möglich ist, diese muster zu durchbrechen und einen eigenen weg einzuschlagen.
in jedem system gibt es einen sensiblen menschen, der das symptom des systems trägt. es ist möglich, dass dieser sensible mensch auf seinem weg zum bewusstsein das muster des systems erkennt. dazu gehört, dass er sowohl die muster als auch die gelernten konditionierungen ausmacht und beschließt, sich davon zu lösen. es geht darum, eine bewusste entscheidung zu treffen, ausgetretene, gewohnte pfade zu verlassen und einen anderen weg zu wählen. außer dem

glauben an sich selbst braucht es meiner erfahrung nach demut, geduld und liebe zu sich selbst, um den bekannten weg zu verlassen. auf diese weise wird es möglich, gegen den strom zu schwimmen, obwohl man im system bleiben wird. es ist nötig, zu akzeptieren, dass man dort immer bleiben wird. man kann lediglich die richtung seines lebensflusses verändern.

bewusstsein

du lebst dein leben, du lebst dein leben unbewusst. du denkst, dein leben gefällt dir nicht und die anderen haben es besser als du. du suchst, seit du denken kannst, liebe, freude und erfüllung im außen.
es gibt einen zeitpunkt in deinem leben, zu dem du eiseskälte spürst. du kannst dir das schmelzen des eises nicht vorstellen und du leidest daran, dass es so kalt ist.
neu für dich ist, dass du die kälte nun spürst, die du zuvor gar nicht wahrgenommen hast, so wie du das dunkel, in dem du lebtest, nicht wahrnehmen konntest. du merktest gar nicht, dass du im dunkeln lebst, weil du keinen anderen zustand kennst. so, wie du auch keine wärme kennst, die von innen strahlt. du kennst auch keine liebe, die von innen strahlt, du kennst nur hass, groll, angst und sehnsucht. die sehnsucht ist da, doch wie sich freude und liebe tief in dir anfühlen, ahnst du noch nicht einmal.
und dennoch bist du dir dessen bewusst geworden, denn du hast das andersland betreten. im andersland zu SEIN, ist eine gnade. erkennst du diese gnade, bist du im andersland angekommen. das andersland ist kein anderes land in oder auf dieser welt, es geht lediglich um dein bewusstsein und deine haltung dir selbst gegenüber.
du hast stets probiert, dich selbst zu verändern. nun merkst du erschrocken, dass das nicht möglich ist, obwohl du lange zeit damit verbracht hast, zu üben, dein wesen zu verändern. der zustand, in dem dir dieses fehlverhalten dir selbst gegenüber deutlich wird, kommt einer ohnmacht gleich. verharre nicht in der ohnmacht, sondern freue dich, dass du

aus deinem »schlaf« erwacht bist. liebe, gepaart mit freude, dir selbst gegenüber ist das einzige, was dir bei aller scham über dein verhalten bleibt. es macht auch nichts, dass du dein fehlverhalten nicht vorher bemerkt hast. es war einfach so. freude und liebe sind zwei der wichtigsten und schönsten gefühle und du darfst den platz, der durch dein fehlverhalten besetzt wurde, räumen und diesen platz der freude und der liebe geben.

angst

viele möglichkeiten stehen uns offen, dir und mir. was uns oftmals daran hindert, unseren eigenen weg zu gehen und ins unbekannte aufzubrechen, ist die angst.
ich spüre selbst, wie lähmend meine angst oft ist und wie viel angst in der welt ist. viele menschen wagen es nicht, weder zu lieben noch zu fliegen, weil es möglich ist, dass sie keinen landeplatz finden. dabei geht es um lieben oder um fliegen, nicht um landeplätze. wenn du beschließt, zu lieben oder zu fliegen, ergibt sich der rest von selbst. so verstehe ich die wahrheit, die ich einstmals hörte: »springe, und du wirst getragen sein.«
mit dem abklopfen aller denkbaren eventualitäten, die möglicherweise eintreten könnten, verschwendest du lediglich energie, die du für die umsetzung deines sprungs benötigst. wenn du dich für jede eventualität rüstest, raubst du dir die kraft, die du für dich selber brauchst – also spring!
jede ungeübte situation ist ein abenteuer, auf das du dich einlassen kannst oder eben auch nicht. die entscheidung bleibt bei dir. hast du angst davor, so ist es möglich, mit »augen zu und durch« das abenteuer zu bestehen. oder du hast die wahl, deine angst, bevor sie dich lähmt, anzunehmen. alles, was du angenommen hast, kannst du nach erfolgreicher annahme loslassen. was du nicht angenommen hast, kannst du nur verdrängen, und es wird dich erneut einholen. so wird deutlich, dass über jahrhunderte und jahrtausende vererbte ängste (ich erwähnte dieses tragen der symptome eines systems bereits) kaum über nacht ver-

schwinden werden. du brauchst DIE zeit, die du brauchst, damit veränderungen möglich werden. dein glauben an die veränderung ist wichtig, nicht die zeit.

freistil

die geomantiker prägten den satz: »deine größte schwäche wird deine größte stärke sein.« er nimmt deinem neu erlernten bewusstsein die härte, die du aus deinem unbewusst gelebten leben mit dir trägst. nur durch geduld mit dir selbst und liebe zu dir kannst du den bekannten weg verlassen, dich neu positionieren und das kommando für dein lebensschiff übernehmen. wichtig ist, dass du – und nur du allein – entscheidest, mit wie viel anmut und beharrlichkeit du deine position vertrittst, die du selbst für sinnvoll hältst. erinnere dich, es ist deine position, und lass dir zeit. lerne, nein zu sagen. so wird die kraft zurückfließen, die du mit deinen mühen verschwendet hast. es ist, wie wenn du ein schleusentor öffnest, und dein schiff, dein lebensschiff, wird von dem fließenden wasser emporgetragen. dann entdeckst du die so lang ersehnte leichtigkeit ganz von allein. seit öffnung der schleusentore fließt der fluss schon in andere gewässer. die zeit für das kommando »ree« bleibt in deiner hand.

fehler

es liegt an dir selbst, wie streng du mit von dir begangenen »fehlern« umgehst. es gibt viele arten von fehlern, sie reichen von kavaliersdelikten bis hin zu verhandlungswürdigen verfahren. der richter über diese fehler bist du selbst – und zwar so lange, bis du begreifst, dass der staatsanwalt, der rache / sühne fordert, lediglich bei dir im kopf regiert.
die einzig mir bekannte art, recht zu sprechen, ist in diesem fall die güte. es ist unendlich ermüdend, langen verhandlungsprozessen, die ohnehin ausschließlich in deinem kopf stattfinden, raum zu geben. güte hat kein ziel, sonst wäre sie keine güte. mit güte kann die verhandlung gütlich beendet werden.

entscheidungen

du hast einen neuen weg gewählt und deine entscheidung getroffen. dennoch kann es sein, dass du dich unversehens auf dir bekannten autobahnen wiederfindest. wenn dem so ist, geht es lediglich darum, diese tatsache zu akzeptieren, und nicht darum, dein erneutes »scheitern« zu bewerten. erinnere dich, du hast selbst entschieden, diesen weg zu wählen. niemand hat dir versprochen, dass es dir leichtfällt, einen neuen weg einzuschlagen. versprochen war lediglich, dass er anders ist als gewohnt. erinnere dich daran, dass dein bisheriges fahren auf autobahnen wenig sinnvoll war, weshalb du dich für einen anderen weg entschieden hast. lässt du dich zur umkehr verleiten, wegen der schwierigkeiten, auf die du triffst, oder nimmst du die schwierigkeiten als herausforderung an?

deutlich wird dir auf diesem weg, dass er für dich nicht ohne hilfe zu begehen ist. und wieder führt dich diese tatsache zu neuen entscheidungen. du findest dich in einem dir bisher unbekannten dschungel wieder, in dem alle »naselang« ein schild zu finden ist, das dir zeigt: entscheide dich! möglicherweise bist du in deinem dir bekannten leben bisher entscheidungen ausgewichen so wie ich oft und hast dich eher bemüht, »messlatten« zu erreichen, als entscheidungen zu treffen. eine bekannte, übliche und durchaus mögliche vorgehensweise. inzwischen stellst du fest, dass auch dein leben keine entscheidungsfreie zone ist. das leben besteht aus entscheidungen, die du für dich selbst triffst, um dein leben sinnvoll zu gestalten.

endlich erwachsen

wenn ich von »erwachsen sein« spreche, meine ich damit nicht das erreichen einer bestimmten anzahl von geburtstagen. »erwachsen sein« bedeutet vielmehr, dass du die entscheidung triffst, zu dir selbst zu stehen, so wie du bist. deine gefühle aus deinem bisher gelebten leben bleiben, so wie auch deine erinnerungen. beides ist wahrzunehmen. es gilt nun, tief auszuatmen und zu entscheiden, dass jetzt eine andere zeit für dich beginnt. nichts ist wichtig, außer deinem entschluss, die dinge anders machen zu wollen als bisher, was zunächst bedeutet, mit dem werten aufzuhören.
werten kennst du aus deinem bisherigen leben. dein entschluss, »es« anders zu machen, steht fest, und so ergibt sich durch deine eigene entscheidung ein anderes lebensgefühl. das ist wie neu-geboren-sein und du kannst wie ein kind, das die welt entdeckt, das neuland begehen, da du ja beschlossen hast, dich an werten nicht mehr zu orientieren. auch eile und zeit haben keine bedeutung mehr für dich. so kannst du in deinem neuen leben, das gerade erst begonnen hat, in jedem augenblick entscheiden, was du tun willst, in welche richtung dein weg führt.
hilfreich ist es, dir für jede entscheidung zeit zu nehmen, und so ergibt sich in deinem neuen leben wie von selbst eine ungeahnte und ungekannte langsamkeit. die welt ist schnell, denn stress und eile sind die statussymbole unserer zeit. von diesen trennst du dich bewusst. durch den frieden mit dir selbst können dich statussymbole jeglicher art, auch ablehnung oder eine andere form von »sturm«, nicht mehr

erschüttern. du nimmst stürme lediglich wahr und gehst damit um, dass dein eigenes »wetter« ist, wie es ist.
zu deinem eigenen »wetter« gehören gefühle unbedingt dazu. was anders ist als vorher, ist die tatsache, dass du dir vornimmst, gefühle nicht mehr zu unterdrücken. es geht vielmehr darum, die gefühle wahrzunehmen wie ein geschenk, das du in die hand gedrückt bekommst, um es auszupacken. du kennst diese geschenke schon und eine neue möglichkeit, mit diesen geschenken umzugehen, wäre, ihnen lediglich aufmerksamkeit, achtung sowie anerkennung entgegenzubringen, um sie daraufhin weiterzugeben (loszulassen). eine andere bezeichnung für diese geschenke ist »emotion«, dieses wort zeigt dir an, dass etwas mit bewegung zu tun hat. emotionen dienen lediglich dazu, von dir wahrgenommen zu werden, um sie dann mit einem »aha« weiterziehen zu lassen. behältst du diese emotionen bei dir, entsteht ein stau, der dich auf dauer krank macht. als quintessenz bleibt, dass du auf deinem neuen weg lernen kannst, dass emotionen nicht dazu dienen, sie wie kronjuwelen bei dir zu tragen, sondern dass diese lediglich wahrgenommen werden wollen.
auch das verteilen von schuld wird unnötig, da du lernen darfst, dass es schuld nicht gibt, es gibt lediglich unbewusstheit. unter den bewohnern des abendlandes ist diese unbewusstheit weit verbreitet. emotionen verschleiern häufig den blick auf die fakten und somit wird unklar, worauf der fokus liegt. dein fokus ist nie auf gefühle zu richten, sondern stets auf fakten. dennoch ist es wichtig, die gefühle nicht zu verdrängen. oft wird fälschlicherweise, dem »ego« der kampf angesagt, wobei es meiner meinung nach kein »ego« gibt. bei dem sogenannten »ego« handelt es sich meiner ansicht nach um verletzte »innere kinder«, die sich lediglich melden, um dich darauf aufmerksam zu machen, dass sie da sind.

die verdrängung von gefühlen wie furcht, scham und wut hat ungeahnte folgen. dir wurde beigebracht, dass man diese gefühle »einfach nicht hat«. solltest du diese gefühle doch haben, ist es dir eventuell hilfreich, dich mit diesen gefühlen und dir selbst zu verbinden. denke daran, du bist nicht identisch mit deinen gefühlen, du verbindest dich lediglich mit ihnen und dir selbst.

ich habe viele briefe an mich geschrieben, um klarheit über meine gefühle sowie über die tatsachen zu bekommen. dies ist mein vorerst letzter brief an mich, vielleicht liest du ihn als beispiel. deinen eigenen Brief kannst nur du selbst formulieren.

liebe barbara,
in letzter zeit ist mir mehr und mehr klar, wie unpassend ich mich zu dir verhalten habe. du bist ein wunderbarer, impulsiver und wahrheitsliebender mensch. du hast gelernt, dass wahrheit und echt-sein wenig bis gar nicht »lieb gehabt« werden sowie geschätzt sind. auf deinem früheren weg hast du gewählt, unecht zu sein, da du annerkennung und lob brauchtest. damals warst du klein. diese bedürfnisse hattest du zu der zeit wie jedes kind. heute bist du groß und hast durch deinen beharrlichen geist keine ruhe darüber gefunden, dass du krank seist. jetzt brauchst du lob und annerkennung nicht mehr in dem maß wie früher und hast inzwischen gelernt, dass du in der lage bist, dir all diese dinge selbst zu erfüllen. auf diese weise sind dein selbstvertrauen sowie deine wurzeln gewachsen. nie für möglich gehaltenes ist eingetreten, und deine kraft, die du bisher verschwendet hast in all diese »unwahren« verhaltensweisen, darfst du jetzt nutzen, um aufzustehen, dein leben zu leben und die zu sein, die du bist.

deine erinnerungen

erinnerungen sind mit positiven oder negativen gefühlen besetzt, das heißt, sie werden mit einer wertung abgespeichert. meine frage ist, inwieweit sie sich auf das leben malen. manche erinnerungen eignen sich meiner meinung nach dafür, wie ein bild angeschaut und dann weggestellt zu werden. wir kennen diese bilder schon und von einem wiederholten betrachten ist abzusehen. immer sind diese bilder von einem gefühl begleitet und es wirkt sich nicht lebensförderlich aus, sich »schwarze« bilder immer wieder anzusehen.
förderlich scheint mir lediglich die bewusste entscheidung, auf diese bilder nicht mehr zu schauen. das heißt nicht, sie für unwahr zu erklären, das heißt nur, dass wir bewusst entscheiden, unseren blick nicht mehr auf diese bilder zu richten, deren inhalt wir längst kennen. damit beschließen wir zugleich, die damit verbundenen gefühle nicht ständig zu wiederholen, sondern sie bewusst wahrzunehmen und loszulassen. es genügt, die tatsache anzuerkennen, dass das bild »gemalt« ist und somit zu deinem leben gehört. es ist wenig förderlich, wenn du dir diese tatsache immer wieder vor augen führst und damit deinem gefühl folgst. wichtig ist, dass du weißt, dass es sich um ein gefühl handelt und dir die entscheidung bleibt, zwischen erlebnis, tatsache und gefühl zu unterscheiden. so kannst du auf dein leben blicken wie auf einen gepackten koffer. er ist schon gepackt, denn alle vorkommnisse in deinem leben sind schon geschehen, also gemalt. du kannst rückblickend nichts davon verändern, du kannst nur eine haltung dazu

beziehen. diese haltung kannst du, wenn du willst, verändern. das gelingt dann, wenn dein entschluss dazu bewusst gefasst ist.

mitte

es ist möglich, dass du deine mitte verlierst, weil du an alten erinnerungen haftest. wenn dich ein gefühl zu erinnerungen zieht, die du nicht mehr haben wolltest, bedienst du immer ein muster, wenn du unbewusst bleibst. wichtig ist nur, dass du das wahrnimmst. wahrnehmen ist wichtig, nicht werten, was viel einfacher scheint und fast automatisch geschieht.
immer wieder kommt es dazu, dass du deine mitte verlierst. das ist menschlich, denn hättest du es besser gewusst, hättest du es besser gemacht. deine seele hat sich deinen körper geliehen und ist auf diese erde gekommen, um zu wachsen und zu reifen. das war ihr wunsch, als sie entschied, hierherzukommen. wenn du deine mitte verloren hast, brauchst du all deine kraft und weisheit, um wieder in diese mitte zu gelangen. wo auch immer du dich ohne deine mitte bewegst, hast du es selbst in der hand, diese mitte wiederzufinden. das liegt in deiner verantwortung. es geht lediglich um deine entscheidung, deine mitte wiederzuerlangen oder eine neue zu erschaffen. freue dich, dass du deinen irrweg erkannt hast.

reisegepäck stehen lassen

als sensibler mensch ist es dir möglicherweise bekannt, dass du durch die welt läufst wie ein schwamm mit großen poren. du giltst als äußerst mitfühlend, tröstend und verstehst die situation, ohne worte dafür zu benötigen. irgendwann findest du dich vielleicht an einem punkt wieder, an dem du erkennst, dass du all das »reisegepäck« der anderen sowie dein eigenes aus schweren zeiten mitschleppst. deine offene, naive art, den dingen gegenüberzutreten und diese in dich (den schwamm) aufzunehmen, beschwert dich unbemerkt, bis dir klar wird, dass du das reisegepäck, das du mitschleppst, gar nicht mehr tragen kannst. wenn es dir dann unmöglich scheint weiterzugehen, lohnt es sich in jedem fall, innezuhalten und dein reisegepäck zu betrachten. du erkennst, dass du entscheiden musst, dinge auszusortieren, damit dein gepäck leichter wird. du wirst feststellen, dass vieles an deinem gepäck lediglich dazu dient, dich zu beschweren. so kommt der tag, an dem du prioritäten setzen musst, welche gepäckstücke dir und welche anderen gehören. die gepäckstücke der anderen darfst du stehen lassen. auch das ist meiner meinung nach ein anzeichen dafür, dass du »erwachsen« wirst. dein gepäck wird leichter und dir wird bewusst, dass du das gar nicht kennst und dass du gar nicht weißt, wie man »erleichtert« geht. du kannst dir eine pause nehmen und dich an der tatsache freuen, dass du für dich begriffen hast, worum es in deinem leben geht. dies ist wichtig, denn im leben eines jeden handelt es sich darum, sein eigenes leben zu führen und nicht das leben der anderen.

im christlichen abendland scheint es mir weit verbreitet, unter dem »deckmantel« des friedens sowie der nächstenliebe sein eigenes leben zu gestalten. erinnere dich daran, dass jesus uns ein schwert gab, um das, was wir bisher gelebt haben, von dem zu trennen, was wir in zukunft leben werden. das gepäck der anderen ist nicht deins. und so bleibt dir nichts anderes übrig, als zu entscheiden, welcher weg der deine ist, und nicht, ob du das gepäck der anderen mittragen kannst. oft hat dich nicht mal jemand darum gebeten, sondern es war dein gefühl, mittragen zu müssen. unbewusstheit trennt dich von dir selbst, wenn du diesem gefühl folgst.

lob, anerkennung und zufriedenheit

man kann eine handlung üben oder das selbstbild klären. häufig geschieht es, dass du gar nicht merkst, wie viel kraft und energie du beim üben einer handlung verschwendest und möglicherweise krank wirst, bevor du darauf kommst, dass es nicht ums üben geht, sondern um die klärung deines selbstbildes. diese einsicht mag dir schwer und beinahe unmöglich erscheinen, wenn dir der glaubenssatz geläufig ist, dass übung den meister macht. ich habe bereits auf den vermeintlichen glanz hingewiesen, der vom üben ausgeht. du glaubst, dass du nur genug üben musst, um ein meister zu werden. doch beim üben einer handlung geht es nicht um authentizität, es geht um lob und anerkennung durch andere.
so führen viele wege, wie das sprichwort sagt, nach rom, manchmal durch eine krankheit. vergiss nie die freude darüber, dass du beschlossen hast, bekannte wege zu verlassen und einen neuen weg zu gehen.
lob und anerkennung stinken nicht, sondern verbreiten einen angenehmen duft. da wir hier auf der erde leben und menschen sind, wage ich zu behaupten, dass wir das auch brauchen. ich dachte immer, es wäre leichter, ohne lob und anerkennung zu leben, und doch weiß ich, dass beides mein leben lebenswert macht. der entscheidende punkt scheint mir hierbei, dass wir uns nicht von lob und anerkennung durch andere abhängig machen dürfen. sobald du deinen weg anders als bisher bewusst gehst, wirst du selbst überzeugt davon sein, gut, frei, anerkannt und geliebt zu sein, so wie du bist.

nähe und distanz

in diesem kapitel geht es mir um die wichtigkeit, die die nähe und distanz zwischen zwei personen beschreibt. es treffen zwei menschen aufeinander, die sich unbekannt sind. diese zwei menschen einigen sich nun auf die anrede »du« oder die anrede »sie«.
es gibt einen raum zwischen »du« und »sie«, der mir heilig ist und der nur durch die entscheidung jedes einzelnen verlassen werden kann. das übliche »du« suggeriert uns gemeinschaft, nähe, grenzenloses dasein. einige menschen fallen auf diese suggestion nur zu gerne herein, weil es leichter zu sein scheint, eine lockere atmosphäre zu schaffen. professionalität erscheint vielen menschen kühl und unpersöhnlich, meiner meinung nach brauchen wir menschen diese klarheit, um professionell, authentisch und fair sein zu können. so liegt der fokus weniger auf den gefühlen als auf den fakten. bei manchen menschen ist nähe nur durch distanz möglich. ich gehöre dazu. zur erklärung: durch meine biografie stellt sich diese tatsache heraus. die wohlfühlzone der menschen ist bei jedem anders. sind wir aufmerksam, besteht die möglichkeit, nein zu sagen und zu erkennen, dass wir noch gar nicht bereit sind, den raum zwischen »du« und »sie« zu verlassen.

eine andere art von raum betrittst du, wenn du bewusst atmest. es geht um das bewusste ausatmen, das dir einen raum vermittelt, den du bisher nie bewusst betreten hast, der dir völlig unbekannt war. er zeigt dir ungeahnte fähigkeiten und die freiheit, die in dir selbst wohnt. das ausatmen gibt deinem bewusstsein raum. dadurch verändert sich dein verhalten scheinbar ganz unbemerkt – bis du bewusst deine neue verhaltensweise, deinen neu bezogenen standpunkt einsetzen wirst. so gibt es ungezählte möglichkeiten, bewusstsein als schatz zu nutzen, und du erkennst erneut, wie wertvoll dein bewusstsein ist.

dieser neue weg wird ausschließlich durch langsamkeit möglich. du kannst die eile so lange mit dir tragen, bis du erkennst, dass eile und bewusstheit gemeinsam nicht möglich sind. dazu ist dein bewusstsein noch nicht etabliert in dir. so schlage ich vor, eile und bewusstheit durch deine entscheidung zu trennen. irgendwann wird dir deutlich, dass eile und bewusstheit sind wie zwei verschiedene paar schuhe. auf diese weise wird dir klar, dass es dir freisteht zu entscheiden, welches paar schuhe du trägst. so musst du dich also entscheiden zwischen eile und bewusstheit. diese neue entscheidung trägt konsequenzen mit sich, und hier zeigt sich beispielhaft, wie schwer es ist, deine entscheidung vehement zu verfolgen. erneut siehst du dich dingen gegenüber, die dir unbekannt sind. diese tatsache kann dich erfreuen, wenn du das zulassen kannst. unbekannte dinge ähneln einem abenteuer.

grenzen

es ist möglich, dass du in eine situation gerätst, in der du auf andere angewiesen bist wie ein kind. und es bleibt dir doch, eine grenze zu stecken, eine grenze für dich ganz persönlich. gib bei allem, was da ist, deinem selbstbewusstsein sowie deiner würde den platz in der ersten reihe. darauf kommt es an. schwächen sind nicht in den vordergrund zu ziehen, sondern stärken zu fördern. auch darauf kommt es an! über deine schwächen bist du dir sowieso im klaren, es geht darum, deine stärken sichtbar zu machen. für andere und besonders für dich.
viele menschen wissen, was sie nicht können, wenige sind sich ihrer stärken bewusst. die grenze kann einfach ein »nein« sein. es ist auch nicht wichtig, dass du alle eventualitäten betrachtest. es ist wichtig für dich, dass du deine grenzen spürst und ihnen raum gibst mit einem einfachen »nein«. du brauchst auch niemanden für das setzen dieser grenze um erlaubnis zu fragen, denn es ist deine grenze. und wie könnte jemand anderes seine erlaubnis für etwas erteilen, das nur dir selbst gehört?

neuland

wenn ein mensch dir sagt, was dein wesen ist, wird es für dich nie so sein, wie wenn du es aus eigener erfahrung begreifst. inzwischen bin ich an einer kreuzung angelangt, an der es erneut um eine entscheidung geht. der weg zurück wäre meiner meinung nach unschlau, es geht um den weg nach vorn. wieder begreife ich, wie wenig geübt ich auf fremden wegen bin. wege zu begehen, stellte bisher keine schwierigkeit für mich dar. ich strengte mich an – und für welchen preis auch immer, ging ich nach vorn. da ich zurzeit mit schwere beladen nicht mehr gehen kann, gehe ich nur noch ohne schwere, also leicht. die neuen wege sind mir zurzeit nicht sichtbar, so gedulde ich mich und vertraue darauf: ein neuer weg wird sich mir zeigen.

auf dem weg

helle räume / licht im haus

im andersland brauchen wir weder rollos noch gardinen, decken oder überwürfe. da das leben im andersland bewusst gelebt wird, brauchen wir nichts zu verdunkeln, weder tatsachen noch erlebnisse. all das darf ohne wertung da sein. gelingt es uns, die dinge so sein zu lassen, wie sie sind, brauchen wir weder decken noch überwürfe, um tatsachen zu verdunkeln. frieden kann erst dann einziehen, wenn du überzeugt davon bist, dass von dir bewertete emotionen auf der bühne von gestern gespielt wurden, auf der du beschlossen hast, nicht mehr zu stehen. das ist der preis, den du bereit warst zu zahlen, als dein entschluss feststand, ins andersland zu ziehen.
geht man davon aus, dass für jedes lebewesen der satz gilt: »hättest du es besser gekonnt, hättest du es besser gemacht«, so wird deutlich, dass jeder für sich so gut ist, wie er ist. damit ist platz für frieden.

gewohnheit

manchmal sind wir es so sehr gewohnt, in leistung und zensur zu denken, dass uns gar nicht einfällt, wie wir einmal beschlossen hatten, leistung und zensur zu verlassen. eben dies hatten wir beschlossen und leben in diesem vermeintlich gefassten beschluss, um später zu bemerken, dass uns diese konditionierungen so in fleisch und blut übergegangen sind, dass wir der automatik unseres verhaltens immer wieder auf den leim gehen.

haben wir es auf unserem neuen weg zu eilig, verfallen wir wieder in alte gewohnheiten und finden uns atemlos auf bekannten pfaden wieder. im feldenkrais wird gesagt, dass jede bewegung mit angehaltenem atem überflüssig sei. bewusstheit ist meiner erfahrung nach nur durch langsame bewegung möglich. schnelle bewegung lässt die automatik des angelernten verhaltens einsetzen und langsames bewegen fördert dein bewusstsein. du merkst selbst, bewusstes bewegen wird für dich möglich, sobald du der langsamkeit raum gibst.

von jeder bewegung, die mit angehaltenem atem ausgeführt wird, ist abzusehen. solches verhalten ist überflüssig, denn jede bewegung braucht bewusstheit, atem und zeit.

heimat und zuhause

deine heimat ist der ort, an dem du aufgewachsen bist, der ort, an dem die ersten begegnungen mit dir und anderen stattfanden, und der ort, an dem du lerntest oder auch nicht, dass begegnungen nichts anderes sind als erfahrungen. so ist dein blick auf die welt geboren.
im laufe deines lebens wirst du an viele wegkreuzungen gelangen und jede gibt dir eine neue möglichkeit, eine andere straße für dich und dein leben zu wählen. bisher warst du es gewohnt, keine anderen wege zu gehen als die, die dir bekannt erscheinen. und du hast versuchst, dich selbst zu verändern, bis du bemerkt hast, dass dir das nicht gelingt und auch gar nicht gelingen kann, denn du bist du. so bleibt deine sehnsucht nach dem gefühl, zu hause zu sein, bestehen und du suchst in der veränderung der orte deine heimat.
bis du begreifst, dass du selbst deine heimat bist, bleibt der veränderungswunsch deiner selbst bestehen. an dem tag, an dem dir das deutlich wird, zieht ein tiefer friede ein.
niemand wird dir diesen frieden nehmen, denn das ist dein frieden, den du mit dir selbst geschlossen hast. von diesem zeitpunkt an stehst du wie ein fels in der brandung, egal was auch immer geschieht. du bist eins mit dir und somit unabhängig von lob, anerkennung und bestätigung. so begreifst du, dass gefühle von gestern geschichte sind, gefühle für morgen wünsche oder abenteuer darstellen und immer nur der augenblick zählt. du lernst, dass gefühle gefühle sind und dass du diese gefühle von tatsachen unterscheiden musst, um dich nicht ständig im strudel der gefühle nach luft schnappend wiederzufinden.

für dieses rückbesinnen auf tatsachen brauchst du zeit und raum, um zu atmen. bewusstes atmen, insbesondere ausatmen, erwähnte ich schon in diesem buch. es stellt eine möglichkeit dar, bei dir zu sein und dich an deinen frieden mit dir selbst zu erinnern. dieser frieden ist von dir und mit dir selbst geschlossen.

ich erwähne es noch einmal, weil es wichtig ist: es war deine eigene entscheidung. auf diesem weg ist niemand an irgendetwas schuld oder hat macht über dich, außer dir selbst. es war deine entscheidung, dich zu dir selbst zu bekennen, dich so anzunehmen, wie du bist, und dich zu lieben. so ist deine suche nach veränderung deiner selbst beendet. immer wieder, auch im stärksten sturm, ist dir zu wünschen, dass du dich erinnerst, was du dir selbst versprochen hast. das ist meiner meinung nach die einzige erinnerung, die den stärksten stürmen widersteht, so wie dein einverständnis, das du gabst, als du beschlossen hast, mit gott eins zu sein. so bist du nie alleine.

wieder in eile

das war nicht dein plan. doch du bist es selbst gewesen, die die weichen stellte, vermeintlich in freiheit. das lässt die »schuld« (die unterlassene verantwortung) größer erscheinen (als sie ist). du bist erstaunt, wie fest vermeintlich schon verlorene konditionierungen an dir haften. eventuell geht es nicht darum, ein neues fass von unschaffbaren aufgaben aufzumachen, sondern zu akzeptieren, dass du ein weiteres mal viel zu schnell gehandelt hast, ohne bewusst zu überlegen.
wie schon so oft beschrieben, geht der neue weg ohne ausnahme in einem dir fremden tempo. gehst du erneut zu schnell, ist auch dies lediglich wahrzunehmen, nicht zu beurteilen. doch die beurteilung (ebenso wie das tempo) ist dir so in fleisch und blut übergegangen, dass sie sich immer wieder an jeder schmalen stelle des neuen weges als vermeintlich einzige möglichkeit zeigt. so bleibt in diesem fall erneut die feststellung: es geht ausschließlich langsam. hellfühligkeit ist eine gnade. die zeit, die du zum erwachen benötigst, ist genau so lang, wie du sie brauchst. bis dorthin begleiten dich zwei dir bisher unbekannte freunde, deren namen »geduld« und »demut« lauten.

protest

möglicherweise bemerkst du, dass du deinen selbst gewählten weg mit protest gehst. es ist das eine, den eigenen protest wahrzunehmen, das andere ist, die protesthaltung abzulegen. nimmst du wahr, dass du deinen weg mit protest gehst, kannst du in jeder sekunde entscheiden, die »tasche«, die den protest beinhaltet, abzustellen. du gehst deinen weg weiter, ohne protest. der weg als solcher ist schwer genug. ohne protest läuft es sich leichter, denn er diente lediglich dazu, dein gepäck zu beschweren.
auf solch neuem weg ist es meiner meinung nach wichtig, immer wieder zu sich selbst und seinem angelernten verhalten eine klare haltung zu beziehen, wobei ein NEIN jedes mal eine starrheit in dir auslösen kann, ein JA hingegen jedes mal eine ganz andere resonanz in deinem körper ergibt. bei mir ist das so, wie es bei dir ist, musst du selbst herausfinden. protestiere nicht gegen etwas, das dir auf deinem weg begegnet, sondern nimm es bewusst wahr. diese haltung ist wichtig, wenn dinge auf dich treffen, die dir nicht gefallen. du bejahst diese dinge nicht, du nimmst sie lediglich als tatsache wahr, wendest dich ab und machst es anders.

fahrt mit angezogener handbremse oder schwimmen gegen den strom

es ist möglich, dass du dich unversehens auf der autobahn oder auf ausgetretenen, bekannten pfaden wiederfindest. oftmals fährst du dort, weil es alle tun und du es nicht anders gewohnt bist. diese fahrt auf autobahnen oder ausgetretenen pfaden ist für dich fraglich, seitdem dir dein verhalten bewusst wurde und du begriffen hast, dass es deine entscheidung ist, auf welchem weg du dich aufhältst. du magst schon oft erkannt haben, dass diese ausgetrampelten wege dir zwar altbekannt sind, dich aber nicht zu deinem ziel bringen. solange du dein ziel lediglich ahnst, scheint es für dich schwierig, auf dem beschlossenen neuen weg zu bleiben, und du kehrst immer wieder auf bekannte bahnen zurück.
das schwimmen gegen den strom scheint dir so lange schwer, bis die zeit dir zeigt, dass alle enttäuschungen dir nichts nützen. sie rühren lediglich daher, weil du wieder auf bekannten wegen viel zu schnell unterwegs warst. so wird dir deutlich, dass es nicht zielführend ist, in gewohntem tempo auf alten wegen zu bleiben, und dass es ausschließlich hilfreich ist, einen neuen weg zu gehen und deine geschwindigkeit zu drosseln. nur der glaube an dich selbst und dein ziel sowie deine bewusstheit machen es möglich, dass du gleichmut gegenüber dir und den tatsachen bewahrst und gelernt hast, dass du bekannte verhaltensmuster zu jeder zeit verlassen kannst. so wird deutlich, dass ein schwimmen gegen den strom nicht zwangsläufig schwer ist, es ist nur anders und neu im vergleich zu dem, was du kennst, denn du befindest dich im andersland.

erneut weise ich darauf hin, dass das andersland kein anderes land ist und es ausschließlich um eine veränderung deiner blickrichtung geht. du siehst dich und das leben anders als bisher und bist dir selbst ein stück näher. die frage bleibt an dich: ist dein weg schwer oder ist dein weg unbekannt? die nächste frage ist: gehst du weiter? betrachte deine letzten schritte und triff wiederum eine entscheidung dazu. bitte nicht mit druck, sondern mit zeit, geduld und mitgefühl für dich und deinen weg.

unbekannte methoden

im andersland bemerkst du, dass du es bisher gewohnt warst, »leere räume« zu füllen, egal womit. einen raum befüllt »man« zum beispiel mit stress, bekannten litaneien und unermüdlichen tätigkeiten. im andersland geht es darum, diese verhaltensweisen und denkmuster wahrzunehmen und bewusst zu entscheiden, ob sie sinnvoll sind oder nicht.
in einem nächsten schritt stellst du dir die frage, ob du deinem gewohnten verhalten zustimmst oder nicht. wie immer geht es bei deiner entscheidung darum, ob du deine verhaltensweisen als sinnvoll betrachtest. wenn ja, so kann alles bleiben, wie du es gewohnt bist. verändern wird sich dein dasein nur dann, wenn du zunächst deine haltung zu dir oder den dingen veränderst.
für diese entscheidung sowie deren durchführung brauchst du zeit. um gewohnte muster zu verabschieden, sind bewusste wahrnehmung, raum und pausen nötig. entscheidest du dich dafür, wandelt sich das »muster« mit der zeit. eine neue methode wäre zum beispiel, pausen zu machen und innezuhalten. das ist für dich ungewohnt. hier lauert eine bekannte falle, wenn du versuchst, den entdeckten leeren »raum« wieder zu befüllen. tappe nicht hinein. lass dir zeit und raum.
»zwischen reden und tun liegt das meer«, sagt ein sprichwort aus italien. manchmal sogar ozeane.

miracle

wenn ein mensch dir sagt, was du sein kannst, wird es für dich nie so sein, wie wenn du es aus eigener erfahrung begreifst. denn nur dann kannst du eine entscheidung treffen, welchen weg du gehen willst. das ist dir möglich, weil du es selbst erfahren hast, mit allen deinen sinnen.
du hast auf deinem weg gelernt, dass du deiner intuition trauen musst und es dir nicht weiterhilft, andere nach zustimmung oder ablehnung zu fragen. dafür hast du deinen weg beharrlich verfolgt. beharrlich heißt nicht, dass du keine fragen hattest, keinen sinn suchtest oder dich nicht irrtest, denn gerade dies alles macht dich zu dem, was du bist.
es ist möglich, dass es einen augenblick gibt, in dem dir bewusst wird, wer du bist. wahrscheinlich ist es so, dass du dich aufregst über menschen, die »anscheinend« nicht fragen können, nichts sehen, nicht logisch denken können. dir fällt auf, dass dieses anscheinende fehlverhalten der anderen daher rührt, dass diese menschen deine umgebung nicht kennen. wie ein blitz durchfährt dich die gewissheit, dass eine person sich gar nicht in deinem leben auskennen kann, wenn sie dein umfeld nicht kennt.
es scheint nicht fassbar für dich, mit welcher wut und welchem zorn, welchem unverständnis du dich bis hierher verfolgt hast. dir ist schon länger bewusst, dass alles klagen, alles »schuld zuschieben« an andere dir nichts nutzen. du hast dich schon für das bewusstsein entschieden, darum ging es, als du beschlossen hast, dich ins andersland zu begeben. wie fest deine unbewussten gedanken an dir haften, war dir bisher nicht klar und erstaunt dich nun.

du bist an einer stelle deines weges, und der weg steht dir frei, in die sackgasse zurückzukehren oder den neu beschlossenen weg weiterzugehen. wie immer braucht auch diese neue situation geduld, zeit und ruhe. so wird es dir möglich, dich für deinen weg erneut bewusst zu entscheiden. ein rückweg schien dir in der vergangenheit ausgeschlossen. ist das noch immer so? es gibt weder einen grund, sich zu brüsten, noch einen grund, sich zu schämen, dass du so lange brauchtest bis hierher, es gibt nur einen grund zur freude, dass du da angekommen bist, wo du jetzt bist.

differenzial

ein auto besitzt ein differenzial, damit trotz matsch und eis ein vorwärtskommen möglich ist, wenn eines der räder die bodenhaftung verliert und »durchdreht«. wie können wir den halt finden, wenn ereignisse geschehen, die uns »durchdrehen lassen«?
wenn wir den halt verlieren, vergessen wir immer wieder, dass wir die fassung nur im moment verloren haben. meiner erfahrung nach ist das gefühl der verlorenen fassung oft so stark, dass wir uns gar nicht mehr an die fassung erinnern, sondern nur an den verlust derselben. so wird deutlich, dass mangelnde bewusstheit uns jegliche lebensgrundlage nehmen kann.
in solchen situationen lässt du keinen ausweg zu, wenn dir nicht klar ist, dass du deinen gefühlen folgst und nicht deinem SEIN. verlust der realität findet statt, wenn du dich von deinen gefühlen leiten lässt. es ist wichtig, deinen gefühlen platz zu lassen und sie nicht zu verdrängen. und doch dürfen sie dich nicht daran hindern, alle möglichkeiten wahrzunehmen, um weitergehen zu können.
wieder geht es um die liebe, die liebe zu dir selbst. sie ist unerschütterlich da, gar nicht in der lage wegzugehen, so wie du das von dir selbst gewohnt bist. unbewusst verlassen wir uns häufig selbst, weil »es woanders« besser erscheint. da es keinen anderen ort gibt, der »besser« ist, scheint es mir inzwischen sehr förderlich, wenn du dich dazu entschließt, zu dem punkt deines lebens JA zu sagen, an dem du gerade bist, und diesen punkt als gut für dich zu befinden.
das leben hält immer wieder unbekanntes für dich bereit

(das gilt für jeden von uns). entscheidend ist lediglich deine reaktion, deinen umgang mit unbekannten situationen, die dir oftmals wie »kalte duschen« vorkommen. es ist möglich, ihnen erfreut zu begegnen, wobei die freude darin besteht, dass eine »kalte dusche« dich vor dem einschlafen bewahrt. du darfst erkennen, dass es darum geht, für dich eine entscheidung zu treffen, wie du auf die »kalte dusche« reagierst. gejammer über die kälte ist auf dauer wenig hilfreich und eher im weg. wichtig scheint mir, dass wir bei uns bleiben, wie kalt die dusche auch sein mag. so wird unser leben zu einer abenteuerreise unvorstellbaren umfangs. dabei geht es weniger darum, der »kalten dusche« standzuhalten, sondern vielmehr darum, bei dir selbst zu bleiben, frei von jeglicher anerkennung oder zustimmung durch andere. wie auch immer die situation sein mag, in der du dich befindest, du hast beschlossen zu bleiben.
mein vorschlag ist, du lässt dich mit deiner trauer, deiner scham und deinem schmerz, den du wahrgenommen hast, in dein herz hinein und nimmst alle (diese drei oder mehr) gefühle wahr, um sie anzunehmen, denn erst, was du angenommen hast, kannst du loslassen.

bedingungslos

bedingungslose zustimmung bedeutet ein uneingeschränktes JA. bedingungslose zustimmung kann nie ein »um zu« beinhalten, sondern gilt ohne wenn und aber. so ist meiner meinung nach ebenfalls die liebe zu dir selbst zu »stricken«, denn liebe kann nie an bedingungen geknüpft sein, sonst wäre sie keine liebe.
sogleich stellt sich mir die frage, was liebe ist. es gibt in diesem buch keine antwort darauf, es gibt lediglich den hinweis: »liebe ist, was sie ist.« da jeder mensch eine andere wirklichkeit hat, ist für mich deutlich, dass liebe nicht in worte gefasst werden kann. liebe ist weder ein wort noch eine tat, liebe ist meiner meinung nach ein gefühl, und gefühle werden in worten und taten ausgedrückt. eine andere bedeutung der liebe ist mir in unserer westlichen welt nicht bekannt. so mag es von mensch zu mensch verschieden sein, und es lohnt sich sicherlich, die bedeutung der liebe in anderen kulturen anzuschauen. noch wichtiger als dies scheint mir allerdings zu sein, was du oder ich unter »liebe« verstehen. es geht um deine / meine persönliche wahrheit.
bedingungslose liebe zu dir selbst bedeutet, dass du bist, wie du bist, und sein darfst, wie du bist. in meinem eigenen leben habe ich dieses »so sein, wie ich bin« stets bekämpft, ohne zu wissen, dass es für jeden gilt, dass er so sein darf, wie er ist. dieses kämpfen gehörte in eine zeit, die mein unbewusstes SEIN prägte, und ich wurde immer »behinderter« / unbeweglicher, bis ich diesen zusammenhang erkannte.
dass es letztendlich im leben eines jeden darum geht, so

zu sein, wie er ist, im schlimmsten fall »anders begabt«, wurde mir erst bewusst, als es augenscheinlich »so weit war«. auf meinem weg habe ich diese worte »du bist noch nicht so weit« oft gehört und letztendlich nie verstanden, was ich daraus verstehen sollte. ich habe in meinem leben stets alles so gut gemacht, wie ich konnte, um lob und anerkennung von anderen zu erfahren. heute ist mir bewusst, wie tief die kluft ist zwischen dem, was andere dachten, was für mich gut sei, und meinem authentischen Sein. so balancierte ich stets auf dem seil zwischen anderen und mir. meine sehnsucht nach lob und anerkennung war so groß, dass ich mich immer wieder für andere und gegen mich selbst entschied, ohne darum zu wissen, wie wichtig es ist, authentisch zu sein.

dein unterbewusstsein bemerkt, wenn du nicht authentisch bist. dort sitzt der von mir so genannte »lügendetektor«, den ein jeder mensch in sich trägt. wir können weder körper, geist noch seele belügen, denn wir sind, wie wir sind, und so gemacht, wie wir sein sollen. in meinem buch »MS – die wunderbare katastrophe« wies ich bereits auf diese erkenntnis hin, und um eben diese geht es im leben. jenseits von krankheit zu leben scheint mir ausschließlich mit bewusstsein möglich. in der zeit meiner ausbildung zur Krankenschwester 1986/87 lernte ich, was bewusstsein aus medizinischer sicht bedeutet, und ich erinnere mich an mein eifriges lernen dieser definition. heute betrachte ich das bewusstsein aus einer anderen sicht.

für immer?

es kommt auf dich an, und zwar nur auf dich, ob du für immer insassin einer haftanstalt bleibst. die haftanstalt ist deine eigene, selbst kreierte. es ist ein anfang, wenn du einsiehst, dass du in deinem eigenen gefängnis sitzt. es lohnt sich, dein eigenes gefängnis zu erkennen, diese tatsache anzunehmen sowie all deine taten zu akzeptieren.
solange ich weglief, behaftet mit scham, wut und schuld, wurde mein gang immer schwerer, bis ich eines tages feststellte, vor lauter scham, wut und schuld gar nicht mehr laufen zu können. all mein kämpfen gegen die menschen, die mir vermeintlich scham und schuld einreden wollten, hilft mir nicht weiter, und sei meine erkenntnis, dass es scham und schuld gar nicht gibt, noch so klar. scham und schuld sind meiner meinung nach jahrtausendealte menschliche illusionen. aus erfahrung kenne ich keinen anderen ausweg als vergebung sowie die liebe zu sich selbst. dies kannst du üben, indem du dein herz öffnest und alles da sein lässt, alles in dein herz einlädst, was auch immer »krankheiten« und »diagnosen« mit dir anstellen mögen. alle scham, wut und schuld darf da sein, du darfst da sein. so wie du bist. anders gibt es dich nämlich nicht. die einzige person, die dich mit all den scherben aus ihrem leben nicht da sein lässt, bist du selbst. du bist so geübt darin zu flüchten, dich als hilflos auszugeben und eben dagegen zu kämpfen, dass du bist, wie du bist.

warntäfelchen

noch heute bemerke ich mein rennen oft gar nicht, da ich es aus der vergangenheit so gewohnt bin. zum »rennen« brauche ich keine beine, denn mein »rennen« findet in meinem verstand statt. das ist so lange möglich, bis ich begreife, dass der verstand lediglich eine warnfunktion hat, wie eine rote ampel mich warnt, die straße zu überqueren. so wird deutlich, auf welche weise erziehung funktioniert, denn das mit der ampel sowie mit den signalen »rot, gelb und grün« haben wir als kinder gelernt.
das leben bringt die verschiedensten begegnungen mit sich, und nur von mir selbst hängt ab, welche reaktion ich auf diese oder jene begegnung zeige. oftmals reagiere ich mit einem mir bekannten verhalten. in der psychologie nennt sich dieses bekannte verhalten »muster«. diese tatsache erschreckt mich so lange, bis mir die möglichkeit bewusst wird, dass das spiel des lebens freundlich zu mir ist und mir wie ein lotse handzeichen gibt oder warntäfelchen hinhält, damit ich meinen weg finde. so kann ich bei jeglichem signal meine schulter zucken und wahrnehmen: »oh, das schon wieder!«
solange ich bei der wiederholung meiner muster erschrecke oder stoppe, scheint mein weg zurück in die sackgasse vorprogrammiert. merkwürdigerweise laufen diese wiederholten rückwege in die sackgasse unbewusst und eilig ab. ein weiterer hinweis darauf, dass bewusstes leben zeit braucht, so wie unbewusstes leben schnell ist. sonst wäre ja das leben bewusst und eile dir fremd. bewusstes leben braucht keine eile, braucht keine verstecke. die dinge sind, wie sie sind.

in der bibel lautet eines der gebote, dass du keine anderen götter neben gott haben sollst. götter brauchen nicht aus gold zu sein und wenige menschen erkennen, dass viele götter von ihnen selbst kreiert sind, in form von statussymbolen. solange wir ein unbewusstes leben führen, erscheint diese erkenntnis nicht in unseren scheinwerfern, es sei denn, wir richten diese bewusst darauf. eine tasse tee schenkt zeit und ruhe, dir über deine augenblickliche situation klar zu werden, sowie die möglichkeit, daraufhin erneut entscheidungen zu treffen.

trennung / klarheit

trennung ist keine lösung. um dich von etwas lösen zu können, musst du es zuvor angenommen haben, sonst läufst du nur davor weg. sobald du eine situation angenommen hast, ist es möglich, diese situation loszulassen. so bist du nicht mehr verhaftet, identifizierst dich nicht mehr mit deinem problem. wichtig ist, »das problem« nicht wegzuschieben, es ist ja da; weglaufen geht nicht, so schnell du auch läufst. es ist mir wichtig, dass du das begreifst. annehmen und loslassen ist der einzige mir möglich erscheinende weg, um mit unangenehmen situationen / emotionen / gedanken umzugehen.

auch das unterscheiden von trennung und klarheit scheint mir unumgänglich. bei der klarheit geht es immer um fakten, nicht um gefühle. dich an fakten zu halten, ist eine entscheidung, die du treffen kannst / darfst. ich erinnere daran, dass alle schweren und unmöglich scheinenden wege damit zu gehen sind. und du brauchst geduld, um diese entscheidung zu treffen. wenn der schmerz vorbei ist, kommt der wille zurück. der schmerz kann ein begleiter für dich sein und dich immer wieder daran erinnern, dich wertzuschätzen für den weg, den du schon gegangen bist.

distanz und balance

da du immer du bleibst, kannst du lediglich dein verhalten gegenüber den dingen ändern, auf die du triffst oder die dich treffen. distanz und die beobachtung deiner selbst helfen dir, bei dir zu bleiben. gerade wenn du »ohne wand« bist, zart und zerbrechlich, scheint mir dies von unschätzbarem wert zu sein. die entscheidung darüber bleibt dir überlassen. geht dein leben wege, die du beibehalten willst, brauchst du nichts zu verändern. anders ist es, wenn du eine veränderung herbeisehnst und beschlossen hast, den bisherigen weg zu verlassen. die balance zwischen dem alten und dem neuen weg (denn der alte weg war ja nicht ausschließlich unpassend) darfst du jederzeit neu finden. das ist das geschenk.

mein leben

mein leben wäre vielleicht einfacher
wenn ich dich gar nicht getroffen hätte
weniger trauer jedes mal
wenn wir uns trennen müssen
weniger angst vor der nächsten und übernächsten trennung
und auch nicht so viel von dieser machtlosen sehnsucht
wenn du nicht da bist
die nur das unmögliche will und das sofort im nächsten augenblick
und die dann weil sie nicht sein kann betroffen ist
und schwer atmet
das leben wäre vielleicht einfacher wenn ich dich nicht getroffen hätte
es wäre nur nicht mein leben

von erich fried (1921–1988)

veränderung

es geht in diesem buch nicht um die veränderung der welt. es geht in diesem buch um die möglichkeit, dein bewusstsein und somit deine sicht auf dein leben und auf dich selbst zu verändern. da ich inzwischen weiß, dass es niemanden gibt, der andere verändern kann, bleibt es dir überlassen, dich für dein eigenes andersland zu entscheiden. mit »andersland« ist, wie schon häufig erwähnt, dein bewusstsein gemeint. das kannst du verändern. du kannst ebenso weiterleben wie bisher, möglicherweise unbewusst. in jedem fall bleibt bestehen: du bist gut, wie du bist.
seit ich das andersland betrat, befindet sich mein leben im chaos. alles ist neuland ... nichts ist wie vorher. und trotzdem ist meine entscheidung, »anders« zu leben, durch nichts aufzuhalten. das kommando »ree« ist schon beschlossen und nichts scheint mir unmöglicher als der bekannte weg zurück in die sackgasse. zurück ist keine option. das ist meine entscheidung und entscheidungen sind immer frei.
ich weiß um meine neigung zur hetze und meinen hang zur eile, beides steht der bewusstheit im weg. doch solche eigenschaften, die uns anhaften, versperren den zutritt ins andersland nicht, sie kommen einfach mit und wandeln sich allmählich. die entscheidung, ins andersland zu ziehen, steht zu jeder zeit offen. so wird das andersland zu einem persönlichen abenteuer, einer herausforderung. es ist möglich, dass gewisse herausforderungen »lähmungen« hervorrufen. wenn dies geschieht, geht es darum, jene gefühle, die uns vermeintlich hindern wollen, ins andersland

zu ziehen, zu erkennen und ihren zusammenhang zu unserem vergangenen leben zu deuten.

es ist bekannt, dass unser umfeld diese »neuen wege« nicht zwangsläufig begrüßt, sondern stutzt und sich wundert, vielleicht sogar das neue leben der bisher so einfach zu »bedienenden« person ablehnt. daher erinnere ich an den beschluss zur veränderung: ein beschluss ist unabhängig von anerkennung oder zustimmung durch andere. im andersland geht es nicht darum, anerkennung zu erhalten, sondern es geht darum, im andersland zu SEIN. es geht um die fragen an das leben. um dort jenseits von anerkennung und zustimmung zu weilen, scheint es sinnvoll, die unendliche »mühle der leistung« zu verlassen, zur seite zu treten und zu lauschen, was das leben uns fragt. es geht um die frage, wie leben sinnvoll gestaltet werden kann, wie gefühl und intuition neue werte erhalten können. auf diese weise gelingt es viel eher, grenzen zu erkennen und zu wahren, das eigene wesen im mittelpunkt sein zu lassen und zu entscheiden, alte programme zu löschen oder andere zu behalten. erneut ist es wichtig, zwischen dir selbst und deinen gefühlen zu unterscheiden. für diese unterscheidung brauchst du zeit, damit die verstrickung deutlich wird, in der du und dein erlebtes sich befinden. es wird genau so viel zeit benötigt, wie du dafür brauchst. erinnere dich immer daran: du bist nicht identisch mit deinem (negativen) gefühl.

atmen, bleiben, güte zeigen

einer der ersten schritte, um im andersland zu SEIN, war für mich die bewusste beobachtung meines atems. nach längerer zeit konnte ich erkennen, wie situationen, die mich emotional betrafen, in der lage waren, mir den atem anzuhalten. so entstand ein bewusstsein dafür, dass dies möglich war. ich gehe davon aus, dass viele menschen, die solches an sich beobachten, mit einer wertung reagieren. vielleicht täusche ich mich und viel mehr menschen, als ich denke, leben bereits bewusst. für mich ist das neuland, und umso länger ich mich in diesem neuland bewege, umso wohler fühle ich mich. dazu gehört, dass meine wertung über dinge und situationen immer seltener wird. umso öfter das gelingt, umso häufiger ist es mir möglich / bin ich dazu bereit, bei mir selbst zu bleiben. die flucht aus der situation sowie meine bewertung derselben waren mir geläufig, das »bei mir bleiben« kaum.
im nächsten schritt lernte ich, unabhängig von anerkennung, mir gegenüber güte zu zeigen. »gütig sein« heißt in diesem fall für mich: sei wie eine mutter zu dir, die dich »kleines Kind« sein lässt, wie du bist, weitab jeglicher konvention, normen und regeln. auf diese weise wurde mir deutlich, dass das leben schön ist.
zum ersten mal verstehe ich, was mit dem »mich selbst beeltern« gemeint sein könnte. aus meiner erfahrung heraus wird mir klar, wie »einfach« und »schwer« zugleich es ist, sich auf diese weise »selbst zu beeltern«. erneut wird mir bewusst, wie undankbar und wenig zielführend wertung sein kann. hilfreich hingegen ist mir die güte, denn güte bleibt güte, unabhängig vom ziel.

trauer und schwere können gefährten an deiner seite sein. diese zwei haben eins gemeinsam: es sind gefühle. ich erwähnte bereits, dass du nicht mit deinem gefühl identisch bist. erinnere dich, selbst wenn gefühle dich »überschwemmen«, geht es darum, dass keine identifikation mit deinem gefühl stattfindet. du stehst quasi neben dir und nimmst wahr, dass du gefühl A oder B hast, nicht, dass du gefühl A oder B bist. wichtig ist, dass du diese tatsache wahrnimmst, dich mit ihr anfreundest. es ist meiner meinung nach der einzige weg, der dich aus deinem persönlichen lebenslabyrinth führen kann. es ist nie zu früh und selten zu spät, dies zu begreifen.

zurück!
wieder da!

immer wieder stelle ich fest, dass sich dinge, die ich schon dachte zu kennen, in meinem leben wiederholen. du wunderst dich vielleicht so wie ich, dass du wieder dort bist, wo du schon warst. ein stöhnen über diese tatsache ist noch milde, meist gehen solche tatsachen mit »schimpfen« einher. hilfreich ist es, diesen tatsachen mit der bereits beschriebenen güte gegenüberzutreten. wie schon erwähnt, treten diese »tatsachen« so oft auf, bis sie von dir lediglich mit einem »ach, das schon wieder!« begrüßt werden und dein leben einfach weiterläuft. bist du erst einmal dazu in der lage, wird dir das »springen« von situation zu situation sowie das »sich-tragen-lassen« geläufig.

jedes ereignis in deinem leben füllt lediglich den rucksack / den koffer mit erfahrungen und kann genau so betrachtet werden. nun geht es ans auspacken, nicht ans auspacken deiner erfahrungen, sondern ans auspacken deiner bewertungen und ans einpacken deiner entscheidung, wie du deinen persönlichen rhythmus in zukunft gestaltest. die tatsachen bleiben und werden von dir frei nach deiner entscheidung auf drei stapel gelegt. ein stapel heißt »zurzeit nutzlos« (weil gewertet), ein weiterer stapel heißt »bleibt« (wobei »bleiben« lediglich erfahrung bedeutet). ein dritter stapel besteht aus erfahrungen, die dir schwer vorkommen, sie werden durch die brille der liebe betrachtet und verlieren somit enorm an gewicht. so werden rucksack und koffer leicht und du kannst deine reise durch dein leben weiter fortführen. du brauchst, um diese stapel zu sortieren, zeit!

das, worauf du in deinem leben wenig bis kaum oder gar keinen wert gelegt hast. du warst mehr damit beschäftigt, tapfer alle erfahrungen mit eile in deinem rucksack / koffer zu verstauen. nun geht es darum, dich erst einmal zu freuen, dass du bis hierher gelangt bist und diese erkenntnis deutlich für dich wird.

im gewohnten tempo geht es nicht weiter, es geht weiter mit pausen, wertschätzung und liebe zu dir selbst. du hast schon erlebt, dass die fünfte tür nicht von dir geöffnet werden kann, bevor du nicht die erste bis vierte tür deines lebensweges geöffnet hast. das scheint ein erneutes mal schwer, denn auch das kennst du schon. es geht langsam. da wird erneut deine geduld gefordert. deine gewohnheit ist nicht geduld, deine gewohnheit ist eile. so wird zum wiederholten male deutlich, dass dein weg zeit braucht. du kannst diese erkenntnis als schande hinnehmen, eine andere möglichkeit ist, dich zu freuen, dass du dieses »etappenziel« erreicht hast. verstrickungen mit dir selbst können dir zur gewohnheit geworden sein. ein verheddertes wollknäuel zu entwirren, braucht zeit, hilfe von anderen sowie mithilfe deiner selbst (deine »compliance«).

in diesem film spielst du sowohl die hauptrolle als auch die rolle des beobachters. das darfst du erkennen, das ist dein glück. der schlüssel ist die akzeptanz dieser rolle. deine güte dir gegenüber hilft dir, diese rolle anzunehmen. opferland und jammertal sind bereits von dir ausreichend durchschritten. deine entscheidung ist frei, diese wege zu verlassen.

nimm dir eine pause.
und öffne die nächste tür.

häuser verlassen, entscheidung treffen und neue beziehen

jedes »haus« bewahrt und beschützt dich in deiner art und weise, wie du dich selbst siehst und zur welt verhältst. an wegkreuzungen ist es möglich, durch eigene erkenntnis zu beschließen, alte »häuser« zu verlassen sowie neue »häuser« für dich zu finden. dazu gehört meiner meinung nach, deinem alten »haus« danke zu sagen, da es dich bis hierher in deiner art zu leben beschützt und bewahrt hat. du verabschiedest dich davon, da es dir auf deinem weg nach vorn ab jetzt keinen nutzen mehr bringt, mit anderen worten gesagt: wenig sinnvoll ist. dein weg geht geradeaus nach vorn, du hast schon gelernt, dass es wenig bis keinen nutzen bringt zurückzuschauen. du musst auch nicht mehr jede sackgasse überprüfen, sondern es lohnt, den blick nach vorn gerichtet zu behalten. ich weise erneut darauf hin, dass die gerade neu erlernte langsamkeit unabdingbar beizubehalten ist. leicht ist es, in alte gewohnheiten zu verfallen. neue wege bergen die »gefahr«, sich in altbekannte muster (wie zum beispiel eile) zu begeben. diese altbekannten muster haben wenig bis gar nichts mit deiner authentizität zu tun. trifft diese erkenntnis deinen geist, bleibt meiner meinung nach die einzige möglichkeit, deiner freude über diese erkenntnis platz zu lassen und eine pause einzulegen. das macht deutlich, warum entwicklung so viel zeit braucht, wie sie braucht.

nachgeholte pubertät / nachgeholtes erwachsenwerden

immer wieder wird mir deutlich, dass ich selbst es bin, die im weg steht. so kann ich mein ziel nicht erreichen. da ich entschieden habe, perfekt zu sein und »alles« zu können, bleibt mein leben stets von einem unsäglichen druck begleitet. die einzige möglichkeit, den druck loszuwerden, sehe ich im erneuten auspacken sowie sortieren meines gepäcks. ich habe mich dieser aufgabe vermeintlich schon so oft gewidmet, und doch bleibt mir nichts, als meinen hang zur perfektion zu akzeptieren. die worte meiner physiotherapeutin »zu früh und zu schnell« lasten auf meiner seele. nein, nicht diese worte lasten auf meiner seele, sondern mein entschluss, »alle« aufgaben zu beherrschen, und das – wenn möglich – perfekt. ich habe es, so gut ich konnte, machen wollen, und doch stelle ich fest, es ist nie gut genug für mich. erneut wird mir klar: mit zartheit leben zu lernen, ist das eine, dem druck standzuhalten, das andere.
ich entscheide mich, mein gepäck erneut zu ordnen und nicht mehr jegliche last mit mir zu nehmen. die last wandle ich um in erfahrung, es geht lediglich um eine veränderte betrachtung der dinge. denn die dinge sind, wie sie sind, die betrachtung ist jedem selbst überlassen. in diesem fall ist ein alleinsein mit dir selbst das einzige, was geht. so bleibt dir raum und zeit, dich mit den entscheidungen anzufreunden. mit ihnen im frieden zu sein, ist das, was zählt.

opferland verlassen

irgendwann kommst du zu der entscheidung, dass du lange genug im opferland gelebt hast. zuvor musst du akzeptieren, dass du lange selbst gewählt hast, dort zu sein. aufgeregt und ungeübt stehst du der tatsache gegenüber. du weißt gar nicht, wie du ohne das bekannte land leben sollst. du brauchst mut, dieser tatsache ins auge zu blicken. du brauchst zeit für deine reisevorbereitungen und du brauchst nichts zu tun, bevor du auf die reise gehst, du darfst dich üben im SEIN. ungeübt stehst du dem nichts-tun gegenüber. hin und wieder hörst du ein »das kann doch nicht sein«, und es braucht eben deinen mut, dich diesen »stimmen« auszusetzen. schon immer warst du anders als die anderen. dein unbeirrbarer wettlauf mit dir selbst hat dich dorthin geführt, wo du jetzt bist. auf den ersten blick scheint dies kein gewinn, auf den zweiten blick dafür umso mehr. du bist deinem wesen ein stück näher gerückt.

verzweiflung

zu mancher zeit mag es sein, dass du vor lauter verzweiflung weder fakten noch lösungen sehen kannst. wie gewöhnlich fällt es dir nicht auf, dass du bei der suche nach lösungen wieder in einem wettlauf mit dir selbst gefangen bist. sobald du dies bemerkst: blick ins feuer, setz dich hin, mach pause, nimm dir zeit für dich selbst. das scheint meiner meinung nach zielführender als ein wettlauf. eine lösung findest du wiederum nicht im außen, du findest sie in dir, denn sie ist schon da. im rennen wirst du diese lösung nicht finden, nicht hören können. vertraue darauf, sie wird hörbar und offenbart sich dir. lerne, damit zu leben – du denkst nicht einfach – du denkst anders. denn du bist anders. vergleiche dich nicht länger mit anderen, sondern akzeptiere dein anderssein.

wagnis

auch wenn du alte progamme löschst, bleibst du immer der mittelpunkt. dein wesen bleibt dein programm. beziehe eine position und nimm an, dass dein verhalten sinnvoll ist. denke immer an die möglichkeit, dich zu zentrieren. das ist von unschätzbarem wert. deine balance und deine distanz zu den dingen helfen dir dabei. lerne beizeiten, dass begegnungen erfahrungen sind und sie dir nur dann helfen, wenn es dir gelingt, diese erfahrungen objektiv zu betrachten.

wage es, deinem gedanken von flucht zu begegnen, und nimm dir raum und zeit, das licht und die freude, um dem neuen ins auge zu blicken. die angst vor dem neuen ist üblich, denn das neue ist unbekannt und nicht jeder steht neuem offen gegenüber. so scheint es vielen menschen einfacher, »tapfer« zu sein und über ihre angst zu sprechen. das ist mutig. zweifellos etwas anderes ist es, dinge zu TUN und nicht in »bekannten« gefilden tapfer auszuharren. eine veränderung bewirken wir nur dann, wenn wir neue wege gehen. die amme, deren name »geduld« ist, betreut auf dem neuen weg deine kinder, deren namen »scham«, »furcht«, »wut« und »angst« sind. deine kinder sind in diesem fall deine ungeliebten und ungelebten gefühle. diese kinder, deine kinder hast du selbst erschaffen und sie sind immer bei dir. so weit du auch rennst, es ist unmöglich, diese kinder loszuwerden, denn es sind DEINE gefühle. es geht auch nicht darum, sie loszuwerden, es geht darum, diesen kindern zu begegnen und frieden mit ihnen zu schließen. irgendwann wirst du erkennen, dass dies der einzige weg ist, mit ihnen gemeinsam zur ruhe zu finden, am feuer zu sitzen und miteinander in liebe zu SEIN.

pause

du hast dich auf den weg gemacht, um die dinge, die auf deinem bisherigen lebensweg schon geschehen sind, neu zu betrachten. es scheint nötig, häufig am »wegesrand« zu sitzen, tee zu trinken, etwas gutes zu essen und pausen einzuhalten, damit es kein erneuter »marathon« wird. marathon zu laufen, bist du schon gewohnt und jetzt geht es darum, die dinge neu und objektiv anzuschauen, ansonsten läufst du die gleiche strecke zum wiederholten male. ich dränge darauf: es geht um mitgefühl, liebe und anerkennung für dich und deine art, diesen weg gegangen zu sein. es erscheint mir, als wäre dies eine erneute chance, um festzustellen, dass du bist, wie du bist. um eine veränderung deiner selbst geht es nicht, sondern es geht um die haltung zu dir selbst, da dir, wie aus der erfahrung bekannt, eine veränderung deiner selbst nicht möglich ist. dazu gehört unbedingt eine klärung des selbstbildes. die person, die dich aus dem spiegel anschaut, bist du. das wechseln von gewändern kann kein wahrer wandel sein, die haltung zu dir liegt in deinem inneren, nicht im außen.

annehmen und loslassen

alle welt spricht von loslassen. meiner meinung nach geht loslassen nicht, bevor du etwas angenommen hast. wenn du dir den weg so vorstellst, dass du die dinge loslässt, die dein leben behindern, geht es eher um verdrängen als um loslassen. loslassen kannst du dinge nur dann, wenn du sie wahrgenommen, angeschaut und sie mit mitgefühl betrachtet hast. zu solcher zeit kannst du bewusst entscheiden, dass diese dinge zu deinem leben gehören. du kannst, wenn du willst, entscheiden, dass dinge, die deinen weg behindern, von dir aus dem weg geräumt werden dürfen. es gibt keine andere möglichkeit als deine akzeptanz dieser dinge sowie das loslassen derselben, wenn du deinen weg weitergehen willst, damit der weg frei ist. einen mit ballast beschwerten weg kann man nicht gehen. freie wege sind begehbar und es ist möglich, dass deine entscheidung bewirkt, nur noch leichte aufgaben anzunehmen, da du das, was du als ballast beschreibst, nie wegräumen, lediglich akzeptieren kannst. in der akzeptanz der dinge steckt meiner meinung nach der beginn von loslassen. du magst dich durch diese erkenntnis an einer wegkreuzung befinden, die dir erneut eine entscheidung abverlangt, und eine entscheidung zu treffen, bevor du weitergehst, ist unabdingbar. deine entscheidung, den kampf gegen die ungeliebten dinge nicht mehr weiterzuführen, ist schon getroffen, und um deinen weg leicht beschreiten zu können, hilft nur die annahme der dinge, die sowieso schon passiert sind. alles hadern und jede erneute trauer darüber stürzt dich immer wieder in dieselbe »falle«, dasselbe muster. würdige deine beharrliche art und überlege erneut, ob es dir möglich ist, dich zu lieben. wie immer bleibt es bei der möglichkeit, mit dir mitgefühl zu haben, wenn liebe für dich zu groß erscheint.

nehmen

an

liebe

das schwierige an der liebe ist, dass sie ein gefühl ist. liebe ist nicht nur ein wort, liebe drückt sich in worten und taten aus. du weißt, dass es um liebe geht, wenn es um heilung geht. liebe ist dafür notwendig. gemeint ist die liebe zu dir selbst, und möglicherweise weißt du um diese tatsache und stehst trotzdem wie ein unwissender vor dem »berg liebe«. diesen berg zu erklimmen, scheint dir unmöglich.
versuche es damit, den großen »berg liebe« kleiner zu denken. wenn liebe dir angst macht, dann ist es eine möglichkeit, dass du von mitgefühl für dich selbst redest. mitgefühl für sich selbst scheint mir nicht so hoch wie der schwer zu erklimmende berg »liebe«. wenn dinge dir angst machen und unmöglich scheinen, ist es hilfreich, sie loszulassen. richte nicht dein augenmerk in erster linie auf das erreichen dir unerreichbarer ziele. nimm einfach wahr, dass es dir unmoglich scheint. lass es genau so stehen und versuche nicht, die dinge verändern zu wollen. mach bitte keine sackgasse für dich selbst daraus; dinge, die du nicht kannst, die kannst du eben nicht. es nutzt dir wenig, antworten darauf zu suchen, warum dir etwas unmöglich scheint. wisse um die dinge, die dir im moment nicht gelingen, und halte sie nicht wie einen strick um deinen hals, der dich bei jedem schritt würgt. wichtig ist nicht die lösung deines problems, wichtig ist deine weiterentwicklung.
besinne dich zu jeder zeit, wenn du in bedrängnis bist, dass es zwei möglichkeiten gibt. die eine möglichkeit ist,

zu akzeptieren, dass die dinge sind, wie sie sind. die andere möglichkeit ist: du nimmst den freien raum für dich selbst. bei aller angst und aller unsicherheit und bei allem zweifel, der raum für dich bleibt.

wahrnehmung

die feldenkrais-methode zeigt auf, wie es möglich wird, durch wahrnehmen des körpers die bewusstheit zu erweitern. ich empfehle, den individuellen fokus auf die knochen zu richten. diese sind seit unserer geburt da und bleiben, gefühle hingegen verändern sich ständig und sind immer angelehnt an unsere erfahrungen. spüre deinen körper und bewerte nichts, denn darum geht es nicht. lass deinen gefühlen wie enttäuschung oder mutlosigkeit raum und nimm wahr, dass sie da sind. bei anderen autoren kannst du nachlesen, wie du mit deinen gefühlen umgehen kannst und woher sie kommen (robert betz: willst du normal sein oder glücklich? heyne verlag, 2001; stefanie stahl: das kind in dir muss heimat finden. kailash verlag, 2015).

das thema dieses buches ist bewusstsein. unbeweglich bist du lediglich in deinem kopf. deine verzweiflung über deinen starren körper darf da sein. du brauchst zeit für dich selbst und hilfe für den weg, um zu klären, warum dein körper so unbeweglich ist. dein ziel scheint hoch, denn du willst dein verhalten verändern. in der zwischenzeit, bis du dein ziel erreicht hast, nimm dich wahr und sei so, wie du bist. mehr zu denken, ist mir nicht möglich. ohne die tatsache, dass du dich für dich selbst entscheidest, wird sich nichts verändern. nur du allein gehst deinen weg.

moshé feldenkrais beschreibt in seinen schriften den wert der bewusstheit sowie den gedanken an knochen und skelett.

zweizeitigkeit
entscheidung
bewusstheit durch bewegung
bewegung durch bewusstheit
jenseits von gefühl
aufmerksamkeit.

licht

wenn du beschlossen hast, aus der unbewussten in die bewusste welt zu wechseln, ist dir möglicherweise dein licht, welches du ausstrahlst und alle anderen sehen können, zu grell. du bist erschrocken und weißt nichts mit diesem licht anzufangen, und es ist möglich, dass dir seine bedeutung erst langsam deutlich und bewusst wird. egal, was du bisher in deinem leben erlebt hast, es ist vorbei und alle schwierigkeiten wiederholen sich nicht, solange du deinen entschluss, im andersland zu weilen, nicht verlierst und bist, wie du bist.
mein leben war das einer marionette, bis ich beschloss, meine fäden selbst in die hand zu nehmen. hilfreich ist, wenn du zu akzeptieren lernst, dass du fehler machst und dass diese frei von jeglicher wertung da sein dürfen. es kann sein, dich begleitet eine große erleichterung, sobald es dir möglich ist, diese tatsache, dass du fehler machst, zuzulassen und anzunehmen. heilsam ist es, wenn du erkennst, dass du nicht alles wissen musst, sondern fragen kannst. dies nimmt dir eine schwere last von den schultern. auf die dauer erfährst du auf diese weise, dass du groß bist, weil du BIST.
hilfreich scheint es, dir bewusst zu machen, dass jede situation, die du erlebst, wie das »aufsetzen« eines neuen hutes ist und vergangene und erlebte gefühle nichts mit der augenblicklichen situation zu tun haben. so magst du dich in »chaos«, in unbekannten gewässern wiederfinden und es scheint wichtiger als je zuvor, dich zu besinnen, im JETZT zu sein. ist dir diese tatsache neu, ist die kehrseite

von erleichterung wie ein nicht zu erklimmender berg für dich, bis du gewahr wirst, dass du schon lange beschlossen hast, die »mühle der leistung« zu verlassen. zu dieser zeit triffst du deine entscheidung, dass »falsch und richtig« keine bedeutung in deinem leben haben und es lediglich darum geht, dass dinge anders gelingen, als du oder jemand anderes es erwartet. in solcher situation lernst du erneut, welch destruktives licht auf erwartungen fällt. mit erwartungen schürst du das feuer, auf dem enttäuschung oder lob geschmiedet werden. wichtig ist für dich, auf deinem weg im andersland zu erkennen, dass »schwerter« lediglich dazu dienen, dir bewusst zu machen, dass du dich entscheiden kannst und entscheidungen dich dazu bewegen, »bekannte« konditionierungen und programme zu löschen und dich von ihnen zu trennen. »trennung« meint in diesem fall nicht, sich abzuschneiden oder zu kämpfen, sondern deinen bekannten weg zu verlassen, so auch menschen und situationen loszulassen. du darfst dir selbst erlauben, dass du eine andere haltung einnimmst wie bisher, und du beschließt, dein leben sinnvoll zu gestalten. dafür musst du dich von alten gewohnheiten, konditionierungen und dem verhaftetsein an emotionen trennen. das darfst du bewusst entscheiden.

wie in asien bekannt ist, strebt der erfahrene kämpfer weder vor, noch weicht er zurück. er bleibt stehen und weiß um sein SEIN. so kann er eine haltung vermitteln, die angriff überflüssig macht. du begreifst schnell oder später, dass es darum geht: du solltest SEIN, wie du bist. aus diesem grund wird dir deutlich, dass das rad des karmas in deinem bewusstsein schon verlassen ist.

wut / trauer

lange begleitete dich die wut,
bis du erkannt hast:
hinter jeglicher wut
steckt trauer.
bist du beschäftigt mit wut,
brauchst du nicht traurig zu sein,
du bist ja wütend.
so brauchst du der trauer, die schmerzhaft ist,
keinen raum zu geben.
freundlich zu dir darfst du sein.
freundlichkeit dir gegenüber ist dir fremd
und doch ist sie deine einzige chance,
dich zu wandeln.
für diese wandlung
brauchst du nichts zu tun,
du brauchst nur zu SEIN.
blicke freundlich auf dich.

maskenball beenden

von zeit zu zeit wird dir deutlich, wie wichtig es ist, der wahrheit ins auge zu blicken. das mag für dich eine ungewohnte, neue tatsache darstellen. wenn dir dies klar wird, gibt es immer drei möglichkeiten: a) du kannst, wie bekannt, weglaufen, b) du kannst in eile und geschäftigkeit verfallen, denn diese aufgabe verfolgt dich schon lange und es ist an der zeit, sie möglichst schnell auszuführen, c) dir ist diese tatsache bewusst, du kochst dir einen tee, legst eine pause ein und nimmst dir zeit, um zu überlegen, welche weiteren entwicklungsschritte für dich möglich sind.
beim »teetrinken« geht es um betrachtung und auswahl deiner nächsten schritte. schritt a) und b) kennst du schon, und wie du weißt, führen sie nur in weitere sackgassen. du hast beschlossen, mit dem betreten des anderslandes deinen schritt vorwärts zu lenken, denn sackgassen kommen nicht mehr infrage. da es nun um die beerdigung deines maskenballs geht, akzeptierst du, dass du viele dinge nicht kannst. das drehbuch „ich bin es nicht wert" ist unnötig. du schriebst es zu einer zeit als du sehr, sehr klein warst. du hast beschlossen ohne dieses drehbuch weiter zu leben, darum kamst du auf die erde. vor allem geht es darum, dir selbst einzugestehen, dass du viele dinge nicht kannst. sie sind nicht mit dem aufzuwiegen, was du kannst, sondern als tatsachen wahrzunehmen.

trauer und raum

trauer darf sein,
denn sie ist da, wenn sie da ist.
du hast sie schon enttarnt von jeglichem anderen gefühl.
über deine gefühle und deren verkleidungen hast du dich
ausreichend informiert.
nun ist eine zeit,
die gefühle zu fühlen.
wegdrängen hast du ausreichend geübt.
gehe nicht dahin zurück,
dort hast du dich lange aufgehalten.
du entscheidest, du willst woanders sein,
neue wege ausprobieren.
der schrecken sowie die angst lauern hinter jeder wegkreuzung.
das kennst du schon.
du bist entschlossen auszuprobieren.
dich nicht dem schrecken
ungeahnter kräfte zu überlassen,
sondern dir selbst.

mut zur blamage

gelegentlich wird dir bewusst, dass du lange zeit versucht hast, deine schwächen im »dunkeln« zu lassen. doch du bemerkst, dass viel von deiner energie in dieses »dunkel« verschwindet. anstatt deine stärken »im hellen licht« zu betrachten und dich an ihnen zu erfreuen, bist du das »dunkle« so sehr gewöhnt, dass es dir schwerfällt, dich im »hellen« aufzuhalten, da dich alles »helle« schreckt. zu diesem zeitpunkt wird dir deutlich, dass du dich entscheiden musst, ob du im »dunkeln« bleibst oder ob du ins »helle« gehst.
bisher hast du dein leben hauptsächlich damit verbracht, über geschehnisse / blamagen zu klagen. die lösung sehe ich darin, diese gewohnheit zu bemerken und anzuerkennen, dass du all deine kraft für deinen bisherigen weg genutzt hast. erst jetzt merkst du, dass du deine kraft auf diese weise vergeudet hast. es liegt nahe, die entscheidung zu treffen, einen anderen weg zu gehen. so wird möglich, was vorher unmöglich schien, und du betrachtest blamagen in der rückschau nicht als blamagen, sondern als das, was sie sind: du kannst darüber lächeln und eine objektive haltung zu den dingen entwickeln.
mit fortschreitendem bewusstsein und deiner freude darüber bemerkst du womöglich gar nicht, dass gewohntes verhalten deinen lebensweg ständig begleitet und somit immer bei dir ist. die dinge, die schwer für dich waren, bleiben schwer. allein durch deine veränderte sicht wird möglich, dass das schwere sich »anders« für dich darstellt. in deinem gewohnten hang zur schwere hast du gar nicht bemerkt,

dass du wieder auf ausgetretenen pfaden unterwegs bist. dir gelingt der weg ins »helle« dann, wenn du weißt, dass du schon da bist. das kannst du beschließen und aufhören zu warten. warten war deine möglichkeit, im »dunkeln« zu bleiben. für mich stellt sich die frage: auf was wartest du? du wolltest zu deinen »blamagen« stehen, also ist DAS JETZT immer die richtige zeit. hab mut, die »blamage« im licht stehen zu lassen.

für deinen weiteren weg brauchst du mut, zielstrebigkeit sowie liebe. halte dich an fakten, nicht an gefühle. was geschieht, wenn du dich an gefühle hältst, kennst du schon, und doch ist es nicht immer zu vermeiden. so wünsche ich dir häufiges stolpern über deine gefühle, die nur dazu da sind, dich an fakten zu erinnern. im gefühlskakao lebtest du schon lange und hast beschlossen, einen anderen weg zu wählen. das leben braucht gute stolperer, ohne sie geht es nicht.

ohne wand

deutlich wird dir erneut, wie ungeübt du darin bist, »ohne wand« zu sein, zart und zerbrechlich. du wirst immer wieder an eine stelle geführt, die du früher kaum wahrnahmst und der du ausschließlich mit stärke und robustheit begegnen konntest. so kamst du an jener stelle vorbei, die dich zart und zerbrechlich sein ließ. das ließ dich vorübergehend tapfer und froh »die arena« verlassen.
inzwischen merkst du, dass tapferkeit und frohsinn lediglich deine »maske« darstellen. übrig bleibt, dass du lernen musst, mit der zartheit zu leben, sie ist dein wesen. abhauen oder davonrennen sind nicht gefragt. gefragt ist, die dinge zu nehmen, wie sie sind. wahrnehmung ist gefragt.
von zeit zu zeit bist du überzeugt davon, du könntest dir nicht vergeben. dass diese überzeugung eine vorgeschichte hat, ist wahrhaftig und bei jeder überlegung mit einzubeziehen. du brauchst erneut mehr zeit, als du denkst, und es ist möglich, dass wieder eine situation entsteht, die dich denken lässt, du kämst nie ans ziel. lächle darüber und sei dir bewusst, dass dir solche gedanken wenig bis keine hilfe sind, denn dir ist bekannt, dass deine gedanken bisher destruktiv waren. auch dies ist zu verändern, wenn du das willst.
wichtig ist, dass du den ansatz deiner veränderung nicht im keim erstickst. es geht darum, dass du lernst, dich selbst anzunehmen.
auf deinem weg stellst du möglicherweise fest, dass du dich an einen ort gebracht hast, an dem du hilfe brauchst. diese hilfe wird dir gewährt und möglicherweise wollen alle hel-

fer dir deine wünsche von den augen ablesen. da du ohne wand bist, setzt dich dieser umstand, dass deine helfer dir »alles recht machen wollen«, regelmäßig in ein karussell. du verlierst deinen fokus auf das, worum es dir geht, und bist bekannterweise mehr mit deinem gegenüber beschäftigt als mit dir selbst. wieder gilt: sei wie eine mutter zu dir, die dich in den arm nimmt und dir sagt: »du brauchst das jetzt nicht zu können, du darfst lernen und üben.« schaff dir raum, indem du atem holst. das lässt die menschen um dich erkennen, dass du zeit brauchst.
gelangst du an einen punkt, an dem du denkst, dass du das alles doch schon kennst, was du zurzeit erlebst, geht es darum, eine unbekannte schicht deiner selbst zu entdecken. solche »punkte« sind lediglich dazu da, deine sinne zu schärfen und dir deutlich zu machen, dass du dich nicht zum schlafen niederlegen kannst, denn du bist auf dieser welt, um deine wahrheit zu leben, und hast beschlossen, diese deine wahrheit nicht wie bisher bekannt mit dem schwert gegen dich zu erkämpfen, sondern allenfalls sie zu leben. deine waffe kann nicht mehr der hass sein und wird von dir umgewandelt in liebe. für diesen perspektivenwechsel hast du dich in das terrain begeben, indem du dich nun befindest. in diesem terrain ist es sowohl möglich, fehler zu machen, als auch nein zu sagen. zugegeben, es ist viel unbekanntes zu lernen. das ist kein grund, um aufzugeben. es ist ein grund, um klar für sich selbst zu formulieren: da kommst du durch, auf keinen fall mit dem schwert gegen dich selbst, allenfalls mit liebe und mitgefühl dir selbst gegenüber.

verabschiedung, ziel, neuorientierung

manche räume betrittst du zum ersten mal und alles, was du in diesen räumen vorfindest, scheint dir neu. du lernst, sätze zu formulieren (auch dir selbst gegenüber), wie zum beispiel: »hilf mir, wenn ich dich brauche, und hilf mir nicht, weil du stark bist.« auf diesem, deinem neuen weg geht es um vertrauen dir selbst gegenüber. auch das ist neu für dich und bedarf deiner dir schon bekannten beharrlichkeit, mit der du deinen weg gehst. das ist dir geläufig. wichtig scheint mir, dass du bei aller beharrlichkeit deinen perspektivenwechsel im fokus behältst und dir bei allem, was neu ist, raum, zeit und liebe zu dir selbst erlaubst. in diesem neuen raum geht es darum, dass du selbst erkennst: angelernte hilflosigkeit bringt dich nicht weiter. und erneut geht es um deine entscheidung, ob du weiter deinen weg gehst oder nicht.

dieser neue weg ist weder komfortabel noch bequem, er ist neu, ungewohnt und gleicht einem weg durchs nadelöhr. wie gut, dass du schon gelernt hast, erfahrung nicht zu bewerten, sondern viel eher zu staunen. deine art, nicht nachzugeben, mag sich dir hilfreich gezeigt haben. zu diesem zeitpunkt ist dir klar, dass deine hartnäckigkeit dich bis hierher begleitet hat. jetzt aber wird deutlich, dass es sinnvoll ist, dieser hartnäckigkeit, gepaart mit hass, dankbar zu sein und zu erkennen, dass sie auf deinem weiteren weg nicht mehr nützlich für dich ist, somit unschlau. die zeit ist reif, dass du erkennst: hilfreich ist für dich, wenn du dich von diesen dir bekannten verhaltensweisen verabschiedest. manchmal zeigt sich, dass du so beschäftigt damit warst, dein ziel zu erreichen, dass du gar nicht bemerkt hast, in welchem gewand du unterwegs bist. somit stand dir dein ziel, gepaart mit deinen bekannten verhaltensweisen, im weg. auch hier geht es darum zurückzutreten, pause zu machen, dich erneut mit deiner situation anzufreunden und diese anzunehmen. halte das JETZT im auge, nicht dein ziel.

verantwortung

verantwortung ist deine pflicht, dir während des lebens immer wieder selbst antwort zu geben. dabei fragst du nicht das leben, sondern das leben fragt dich. du kannst erkennen, dass du der zuhörer bist und nicht der redner. dafür brauchst du zeit, immer wieder stille momente, in denen du du selbst bist. und es ist immer wieder nötig, dass du wahrnimmst, im hamsterrad zu laufen. damit ist gemeint, dass du dein geld verdienst, in vermeintlicher sicherheit lebst und deine statussymbole pflegst, von denen du überzeugt bist, sie unbedingt für dein leben zu brauchen. diese dinge ermöglichen es dir, auf dieser welt zu leben sowie deinen lebensstandard zu erhalten. doch es ist notwendig zu reflektieren, dass diese dinge lediglich deinem überleben dienen und nicht geeignet sind, dich auszumachen.
doch das hamsterrad, in dem du unermüdlich beschäftigt bist, ist nicht das, was dich davon abhält, ein zuhörer zu sein. abhalten kann dich nur dein eigenes unbewusstes verhalten dir selbst gegenüber. einige menschen sind davon überzeugt, dass ihre lebensleistung darin besteht, sich im »außen« zu bewähren. meine überzeugung ist inzwischen, dass es weniger um das »außen« als um das »innen« geht. dort findet die bewusstwerdung statt.
machtstreben, kriege, hass und schuldzuweisungen sind folgen mangelnder bewusstheit. dabei hat einer vor vielen tausend jahren den satz geprägt: »der von euch ohne schuld ist, werfe den ersten stein.« würden wir diesen satz beherzigen, was für eine stille würde dadurch entstehen.

wahrnehmung / freie sicht

von einigen klöstern ist mir bekannt, dass dämmriges, trübes, gedämpftes licht nicht geeignet ist, auf fakten hinzuweisen, vielmehr lässt es die sicht unklar werden.
eine predigt für ein neu vermähltes paar ließ mich seinerzeit die worte hören:
»ich wünsche euch allzeit klare sicht aufeinander, jenseits von beleuchtung, kerzenschein oder make-up. eure liebe möge euch viele jahre daran erinnern, was ihr ZUERST im anderen gesehen habt, als ihr euch kennenlerntet. dieser schatz vergräbt sich üblicherweise unter wut, zorn und sehnsucht. hinter wut verbirgt sich oft eine trauer, die in diesem leben weder da sein durfte noch gefühlt war. viel leichter scheint es, der trauer keinen raum zu geben und diese mit freundlichkeit, geschenken und forderungen zu ersetzen. mögt ihr euch daran erinnern, was JETZT ist, und nicht an das, was ihr durch die dunkle brille (bestehend aus hass, zorn, erinnerung und wut) seht. nie saht ihr ein schöneres, euch ähnlicheres wesen als den partner. dieser partner war so schön in euren augen, dass ihr beschlossen habt, für immer beieinander zu bleiben. dass ihr immer wieder durch die brille von hass, zorn und sehnsucht schaut, ist nicht verwerflich, es ist gewöhnlich. so bleibt mein wunsch für euch, dass ihr dieses schauen durch die bekannte brille bemerkt und sie lediglich eure achtsamkeit schärft. zum schluss erinnere ich euch daran, das zu leben, was ihr seid, jenseits von brillen und kerzenschein.«

treue

treue mag von zeit zu zeit
ein hindernis sein.
hindernisse schleichen sich dort ein,
wo gewohnheit,
unbewusstes leben
die führung haben.

nimm das wahr,
urteile nicht,
freue dich,
es wird dir bewusst, ein hindernis lähmt dich.

es ist ein hindernis,
nicht du.

hindernisse kann man wegräumen.
kann man wegräumen, wie steine.
du lernst, hindernisse
räumen sich weg mit dem erkennen.